DU MÊME AUTEUR

Aux Éditions Gallimard

LA SOCIÉTÉ DU SPECTACLE.

COMMENTAIRES SUR LA SOCIÉTÉ DU SPECTACLE *suivi de* PRÉFACE À LA QUATRIÈME ÉDITION ITALIENNE DE « LA SOCIÉTÉ DU SPECTACLE ».

CONSIDÉRATIONS SUR L'ASSASSINAT DE GÉRARD LEBOVICI.

PANÉGYRIQUE

GUY DEBORD

PANÉGYRIQUE

TOME PREMIER

GALLIMARD

Les livres de Guy Debord sont publiés aux Éditions Gallimard
par les soins de Jean-Jacques Pauvert

© *Éditions Gallimard, 1993.*

Panégyrique *a été publié en 1989 aux
Éditions Gérard Lebovici, Paris.*

« Panégyrique dit plus qu'éloge. L'éloge contient sans doute la louange du personnage, mais n'exclut pas une certaine critique, un certain blâme. Le panégyrique ne comporte ni blâme ni critique. »

Littré,
Dictionnaire de la langue française.

« Pourquoi me demander mon origine ? Les générations des hommes sont comme celles des feuilles. Le vent jette les feuilles à terre, mais la féconde forêt en produit d'autres, et la saison du printemps revient ; de même la race des humains naît et passe. »

Iliade, Chant VI.

I

« Quant à son plan, nous nous flattons de démontrer qu'il n'en a point, qu'il écrit presque au hasard, mêlant les faits, les rapportant sans suite et sans ordre ; confondant, lorsqu'il traite une époque, ce qui appartient à une autre ; dédaignant de justifier ses accusations ou ses éloges ; adoptant sans examen, et sans cet esprit de critique si nécessaire à l'historien, les faux jugements de la prévention, de la rivalité ou de l'inimitié, et les exagérations de l'humeur ou de la malveillance ; prêtant aux uns des actions, aux autres des discours incompatibles avec leur position et avec leur caractère ; ne citant jamais d'autre témoin que lui-même, et d'autre autorité que ses propres assertions. »

Général Gourgaud,
*Examen critique de l'ouvrage
de M. le comte Philippe de Ségur.*

Toute ma vie, je n'ai vu que des temps troublés, d'extrêmes déchirements dans la société, et d'immenses destructions ; j'ai pris part à ces troubles. De telles circonstances suffiraient sans doute à empêcher le plus transparent de mes actes ou de mes raisonnements d'être jamais approuvé universellement. Mais en outre plusieurs d'entre eux, je le crois bien, peuvent avoir été mal compris.

Clausewitz, au début de son histoire de la campagne de 1815, donne ce résumé de sa méthode : « Dans toute critique stratégique, l'essentiel est de se mettre exactement au point de vue des acteurs ; il est vrai que c'est souvent très difficile. » Le difficile est de connaître « toutes les circonstances où se trouvaient les acteurs » dans un moment déterminé, afin d'être par là en état de juger sainement la série de leurs choix dans la conduite de leur guerre : comment ils ont fait ce qu'ils ont fait, et ce qu'ils auraient éventuellement pu faire d'autre. Il faut donc savoir ce qu'ils voulaient avant tout et, bien sûr, ce qu'ils croyaient ; sans oublier ce qu'ils ignoraient. Et ce qu'ils ignoraient alors, ce n'était pas seulement le résultat encore à venir de leurs propres opérations se heurtant aux opérations qu'on leur opposerait, mais aussi beaucoup de ce qui déjà faisait effectivement sentir son poids contre eux, dans les dispositions ou les forces du camp adverse, et pourtant leur demeurait caché; et au fond ils ne savaient pas la valeur exacte qu'il fallait accorder à leurs propres forces, jusqu'à ce que celles-ci aient pu la faire connaître, justement, dans le moment de leur emploi, dont l'issue d'ailleurs quelquefois la change tout autant qu'elle l'éprouve.

Celui qui a mené telle action, dont on a pu ressentir au loin de grandes conséquences, a été souvent presque seul à en connaître des côtés assez importants, que diverses raisons avaient incité à tenir cachés, tandis que d'autres aspects ont été oubliés depuis, simplement parce que ces temps sont passés, ou morts ceux qui les ont connus. Et le témoignage même des vivants n'est pas toujours accessible. L'un ne sait pas vraiment écrire; l'autre est retenu par des intérêts ou des ambitions plus actuels; un troisième peut avoir peur; et le dernier risque de s'embarrasser du souci de ménager sa propre réputation. Comme on va le voir, je ne suis arrêté par aucun de ces empêchements. Parlant donc aussi froidement que possible de ce qui a suscité beaucoup de passion, je vais dire ce que j'ai fait. Assurément, une foule d'injustes blâmes, sinon tous, s'en trouveront à l'instant balayés comme de la poussière. Et je me persuade que les grandes lignes de l'histoire de mon temps en ressortiront plus clairement.

Je serai obligé d'entrer dans quelques détails. Cela peut donc me conduire assez loin; je ne me refuse pas à envisager l'ampleur de la tâche. J'y mettrai le temps qu'il faudra. Je ne dirai tout de même pas, comme Sterne en commençant d'écrire *Vie et opinions de Tristram Shandy* : « Je ne vais pas me presser, mais écrire tranquillement et publier ma vie à raison de deux volumes par an; si le lecteur veut bien souffrir mon allure et si je parviens à un arrangement tolérable avec mon libraire. » Car je ne veux sûrement pas m'engager à publier deux volumes par an, ni même promettre n'importe quel autre rythme moins précipité.

Ma méthode sera très simple. Je dirai ce que j'ai aimé; et tout le reste, à cette lumière, se montrera et se fera bien suffisamment comprendre.

« Le temps trompeur nous dissimule ses traces, mais il passe, rapide », dit le poète Li Po, qui ajoute : « Vous gardez peut-être encore le caractère gai de la jeunesse – mais vos cheveux sont déjà tout blancs; et à quoi bon vous plaindre? » Je ne pense à me plaindre de rien, et certainement pas de la manière dont j'ai pu vivre.

Je veux d'autant moins en dissimuler les traces que je les sais exemplaires. Que quelqu'un entreprenne de dire ce qu'a été effectivement et précisément la vie qu'il a connue, cela a toujours été rare, à cause des nombreuses difficultés du sujet. Et ce sera peut-être encore plus précieux à présent, s'agissant d'une époque où tant de choses ont été changées, dans la surprenante vitesse des catastrophes; époque dont on peut dire que presque tous les repères et mesures ont été soudainement emportés avec le terrain même où était édifiée l'ancienne société.

Il m'est en tout cas facile d'être sincère. Je ne trouve rien qui puisse en aucune matière m'inciter à la moindre gêne. Je n'ai jamais cru aux valeurs reçues par mes contemporains, et voilà qu'aujourd'hui personne n'en connaît plus aucune. Lacenaire, peut-être encore trop scrupuleux, s'est exagéré, me semble-t-il, la responsabilité qu'il avait directement encourue dans la mort violente d'un très petit nombre de gens : « Je pense valoir mieux que la plupart des hommes que j'ai connus, même avec le sang qui me couvre », écrivait-il à Jacques Arago. (« Mais vous y étiez avec nous, Monsieur Arago, sur les barricades, en 1832. Souvenez-vous du cloître Saint-Merry... Vous ne savez pas ce que c'est que la misère, Monsieur Arago ; vous n'avez jamais eu faim », devaient répondre un peu plus tard, pas à lui mais à son frère, sur les barricades de juin 1848, les ouvriers que celui-là était venu haranguer, comme un Romain, sur l'abus que c'est de s'insurger contre les lois de la République.)

Rien n'est plus naturel que de considérer toutes choses à partir de soi, choisi comme centre du monde; on se trouve par là capable de condamner le monde sans même vouloir entendre ses discours trompeurs. Il faut seulement marquer les limites précises qui bornent nécessairement cette autorité : sa propre place dans le cours du temps, et dans la société; ce qu'on a fait et ce qu'on a connu, ses passions dominantes. « Qui peut donc écrire la vérité, que ceux qui l'ont sentie? » L'auteur des plus beaux *Mémoires* écrits au XVIIe siècle, qui n'a pas échappé à l'inepte reproche d'avoir parlé de sa conduite sans garder les apparences de la plus froide objectivité, en avait fait l'observation, bienvenue; qu'il appuyait en citant là-dessus cette opinion du président de Thou, selon laquelle « il n'y a de véritables histoires que celles qui ont été écrites par des hommes qui ont été assez sincères pour parler véritablement d'eux-mêmes ».

On s'étonnera peut-être que je semble implicitement me comparer, ici ou là, sur quelque point de détail, à tel grand esprit du passé, ou simplement à des personnalités qui ont été remarquées historiquement. On aura tort. Je ne prétends ressembler à personne d'autre, et je crois aussi que l'époque présente est très peu comparable avec le passé. Mais beaucoup de personnages du passé, différant extrêmement entre eux, sont encore assez communément connus. Ils représentent en résumé une signification instantanément communicable, à propos des conduites ou penchants humains. Ceux qui ignoreraient ce qu'ils ont été pourront aisément le vérifier; et se faire comprendre est toujours un mérite, pour celui qui écrit.

Je devrai faire un assez grand emploi des citations. Jamais, je crois, pour donner de l'autorité à une quelconque démonstration; seulement pour faire sentir de quoi auront été tissés en profondeur cette aventure, et moi-même. Les citations sont utiles dans les périodes d'ignorance ou de croyances obscurantistes. Les allusions, sans guillemets, à d'autres textes que l'on sait très célèbres, comme on en voit dans la poésie classique chinoise, dans Shakespeare ou dans Lautréamont, doivent être réservées aux temps plus riches en têtes capables de reconnaître la phrase antérieure, et la distance qu'a introduite sa nouvelle application. On risquerait aujourd'hui, où l'ironie même n'est plus toujours comprise, de se voir de confiance attribuer la formule, qui d'ailleurs pourrait être aussi hâtivement reproduite en termes erronés. La lourdeur ancienne du procédé des citations exactes sera compensée, je l'espère, par la qualité de leur choix. Elles viendront avec à-propos dans ce discours : aucun ordinateur n'aurait pu m'en fournir cette pertinente variété.

Ceux qui veulent écrire vite à propos de rien ce que personne ne lira une seule fois jusqu'à la fin, dans les journaux ou dans les livres, vantent avec beaucoup de conviction le style du langage parlé, parce qu'ils le trouvent beaucoup plus moderne, direct, facile. Eux-mêmes ne savent pas parler. Leurs lecteurs non plus, le langage effectivement parlé dans les conditions de vie modernes s'étant trouvé socialement résumé à sa représentation élue au second degré par le suffrage médiatique, comptant environ six ou huit tournures à tout instant redites et moins de deux centaines de vocables, dont une majorité de néologismes, le tout étant soumis à un renouvellement par tiers chaque semestre. Tout cela favorise une certaine solidarité rapide. Au contraire, je vais pour ma part écrire sans recherche et sans fatigue, comme la chose du monde la plus normale et la plus aisée, la langue que j'ai apprise et, dans la plupart des circonstances, parlée. Ce n'est pas à moi d'en changer. Les Gitans jugent avec raison que l'on n'a jamais à dire la vérité ailleurs que dans sa langue; dans celle de l'ennemi, le mensonge doit régner. Autre avantage : en se référant au vaste *corpus* des textes classiques parus en français tout au long des cinq siècles antérieurs à ma naissance, mais surtout dans les deux derniers, il sera toujours facile de me traduire convenablement dans n'importe quel idiome de l'avenir, même quand le français sera devenu une langue morte.

Qui pourrait ignorer, dans notre siècle, que celui qui trouve son intérêt à affirmer instantanément n'importe quoi va toujours le dire n'importe comment? L'immense accroissement des moyens de la domination moderne a tant marqué le style de ses énoncés que, si la compréhension du cheminement des sombres raisonnements du pouvoir fut longtemps un privilège des gens réellement intelligents, elle est maintenant devenue par force familière aux plus endormis. C'est en ce sens qu'il est permis de penser que la vérité de ce rapport sur mon temps sera bien assez prouvée par son style. Le ton de ce discours sera en lui-même une garantie suffisante, puisque tout le monde comprendra que c'est uniquement en ayant vécu comme cela que l'on peut avoir la maîtrise de cette sorte d'exposé.

On sait, de science certaine, que la guerre du Péloponnèse a eu lieu. Mais c'est seulement par Thucydide que l'on en connaît l'implacable déroulement, et les leçons. Aucun recoupement n'est possible ; mais aucun non plus n'était utile, puisque la véracité des faits, comme la cohérence de la pensée, se sont si bien imposées aux contemporains et à la proche postérité, que tout autre témoin s'est senti découragé devant la difficulté d'apporter quelque différente interprétation des événements, ou même d'en chicaner un détail.

Et je crois que, pareillement, sur l'histoire que je vais maintenant exposer, on devra s'en tenir là. Car personne, pendant bien longtemps, n'aura l'audace d'entreprendre de démontrer, sur n'importe quel aspect des choses, le contraire de ce que j'en aurai dit ; soit que l'on trouvât le moindre élément inexact dans les faits, soit que l'on pût soutenir un autre point de vue à leur propos.

Si conventionnel que doive être jugé le procédé, je pense qu'il n'est pas inutile ici de tracer tout d'abord, et clairement, le commencement : la date et les conditions générales auxquelles débute un récit que, par la suite, je ne manquerai pas de livrer à toute la confusion qui est exigée par son thème. On peut raisonnablement penser que beaucoup de choses apparaissent dans la jeunesse ; qui vous accompagnent longtemps. Je suis né en 1931, à Paris. La fortune de ma famille était dès lors fort ébranlée par les conséquences de la crise économique mondiale qui était apparue d'abord en Amérique, peu auparavant ; et les débris ne paraissaient pas pouvoir aller beaucoup au delà de ma majorité, ce qui arriva effectivement. Ainsi donc, je suis né virtuellement ruiné. Je n'ai pas à proprement parler ignoré que je ne devais pas attendre d'héritage, et finalement je n'en ai pas eu. Je n'ai simplement attaché aucune sorte d'importance à ces questions assez abstraites de l'avenir. Ainsi, pendant tout le cours de mon adolescence, j'allai lentement mais inévitablement vers une vie d'aventures, les yeux ouverts; si toutefois l'on peut dire que j'avais alors les yeux ouverts sur cette question, et aussi bien sur la plupart des autres. Je ne pouvais même pas penser à étudier une seule des savantes qualifications qui conduisent à occuper des emplois, puisqu'elles me paraissaient toutes étrangères à mes goûts ou contraires à mes opinions. Les gens que j'estimais plus que personne au monde étaient Arthur Cravan et Lautréamont, et je savais parfaitement que tous leurs amis, si j'avais consenti à poursuivre des études universitaires, m'auraient méprisé autant que si je m'étais résigné à exercer une activité artistique; et, si je n'avais pu avoir ces amis-là, je n'aurais certainement pas admis de m'en consoler avec d'autres. Je me suis fermement tenu, docteur en rien, à l'écart de toute apparence de participation aux milieux qui passaient alors pour intellectuels ou artistiques. J'avoue que mon mérite en cette matière se trouvait bien tempéré par ma grande paresse, comme aussi par mes très minces capacités pour affronter les travaux de pareilles carrières.

Le fait de n'avoir jamais accordé que très peu d'attention aux questions d'argent, et absolument aucune place à l'ambition d'occuper quelque brillante fonction dans la société, est un trait si rare parmi mes contemporains qu'il sera sans doute parfois considéré comme incroyable, même dans mon cas. Il est pourtant vrai, et s'est trouvé si constamment et si durablement vérifiable que le public devra s'y faire. J'imagine que la cause résidait dans mon éducation insouciante, rencontrant un terrain favorable. Je n'ai jamais vu les bourgeois travaillant, avec la bassesse que comporte forcément leur genre spécial de travail; et voilà pourquoi peut-être j'ai pu apprendre dans cette indifférence quelque chose de bon sur la vie, mais en somme uniquement par absence et par défaut. Le moment de la décadence de n'importe quelle forme de supériorité sociale a sûrement quelque chose de plus aimable que ses vulgaires débuts. Je suis resté attaché à cette préférence, que j'avais sentie très tôt, et je peux dire que la pauvreté m'a principalement donné de grands loisirs, n'ayant pas à gérer des biens anéantis, et ne songeant pas à les restaurer en participant au gouvernement de l'État. Il est vrai que j'ai goûté des plaisirs peu connus des gens qui ont obéi aux malheureuses lois de cette époque. Il est vrai aussi que j'ai exactement observé plusieurs devoirs dont ils n'ont même pas l'idée. « Car de notre vie, énonçait rudement en son temps la *Règle du Temple,* vous ne voyez que l'écorce qui est par-dehors... mais vous ne savez pas les forts commandements qui sont dedans. » Je dois aussi noter, pour avoir bien cité dans leur totalité les favorables influences connues là, cette évidence que j'ai eu alors l'occasion de lire plusieurs bons livres, à partir desquels il est toujours possible de trouver par soi-même tous les autres, voire d'écrire ceux qui manquent encore. Le relevé très complet s'arrêtera là.

Je vis s'achever, avant d'avoir vingt ans, cette part paisible de ma jeunesse ; et je n'eus plus que l'obligation de suivre sans frein tous mes goûts, mais dans des conditions difficiles. J'allai d'abord vers le milieu, très attirant, où un extrême nihilisme ne voulait plus rien savoir, ni surtout continuer, de ce qui avait été antérieurement admis comme l'emploi de la vie ou des arts. Ce milieu me reconnut sans peine comme l'un des siens. Là disparurent mes dernières possibilités de revenir un jour au cours normal de l'existence. Je le pensai, et la suite l'a prouvé.

Il faut que je sois moins porté qu'un autre à calculer, puisque ce choix si prompt, qui m'engageait à tant, fut spontané, produit d'une irréflexion sur laquelle je ne suis jamais revenu ; et que plus tard, après avoir eu le loisir d'en mesurer les conséquences, je n'ai jamais regrettée. On peut bien dire, pensant en termes de richesse ou de réputation, que je n'avais rien à perdre ; mais enfin je n'avais non plus rien à y gagner.

Ce milieu des entrepreneurs de démolitions, plus nettement que ne l'avaient fait leurs devanciers des deux ou trois générations précédentes, s'était alors mêlé de fort près aux classes dangereuses. En vivant avec elles, on mène assez largement leur vie. Il en reste évidemment des traces durables. Plus de la moitié des gens que, tout au long des années, j'ai bien connus avaient séjourné, une ou plusieurs fois, dans les prisons de divers pays ; beaucoup, sans doute, pour des raisons politiques, mais tout de même un plus grand nombre pour des délits ou des crimes de droit commun. J'ai donc connu surtout les rebelles et les pauvres. J'ai vu autour de moi en grande quantité des individus qui mouraient jeunes, et pas toujours par le suicide, d'ailleurs fréquent. Sur cet article de la mort violente, je remarque, sans pouvoir avancer une explication pleinement rationnelle du phénomène, que le nombre de mes amis qui ont été tués par balles constitue un pourcentage grandement inusité, en dehors des opérations militaires bien sûr.

Nos seules manifestations, restant rares et brèves dans les premières années, voulaient être complètement inacceptables; d'abord surtout par leur forme et plus tard, s'approfondissant, surtout par leur contenu. Elles n'ont pas été acceptées. « La destruction fut ma Béatrice », écrivait Mallarmé qui, lui-même, a été le guide de quelques autres dans des explorations assez périlleuses. Pour qui s'emploie uniquement à faire de telles démonstrations historiques, et donc refuse partout ailleurs le travail existant, il est bien certain qu'il faut savoir vivre sur le pays. Je traiterai plus loin la question d'une manière assez détaillée. Pour me borner ici à exposer la chose dans sa plus grande généralité, je dirai que je m'en suis toujours tenu à donner l'impression vague que j'avais de grandes qualités intellectuelles, et même artistiques, dont j'avais préféré priver mon époque, qui ne me paraissait pas en mériter l'emploi. Il s'est toujours trouvé des gens pour regretter là mon absence et, paradoxalement, pour m'aider à la maintenir. Cela n'a pu être mené à bien que parce que je ne suis jamais allé chercher personne, où que ce soit. Mon entourage n'a été composé que de ceux qui sont venus d'eux-mêmes, et ont su se faire accepter. Je ne sais pas si un seul autre a osé se conduire comme moi, dans cette époque? Il faut convenir aussi que la dégradation de toutes les conditions existantes est justement apparue au même moment, comme pour donner raison à ma folie singulière.

Je dois admettre pareillement, car rien ne peut rester purement inaltérable dans le cours du temps, qu'après environ une vingtaine d'années, ou guère plus, une fraction avancée d'un public spécialisé a paru commencer à ne plus trop rejeter l'idée que je pouvais bien avoir plusieurs véritables talents, remarquables surtout par comparaison à la grande pauvreté des trouvailles et redites qu'ils avaient longtemps cru devoir admirer; et quoique le seul emploi discernable de mes dons doive être regardé comme pleinement néfaste. Et alors, c'est naturellement moi qui ai refusé, de toutes les façons, d'accepter de reconnaître l'existence de ces gens qui commençaient, pour ainsi dire, à reconnaître quelque chose de la mienne. Il est vrai qu'ils n'étaient pas prêts à en accepter tout, et j'avais toujours dit franchement que ce serait tout ou rien, me plaçant par là définitivement hors d'atteinte de leurs éventuelles concessions. Quant à la société, mes goûts et mes idées n'ont pas changé, restant les plus opposés à ce qu'elle était comme à tout ce qu'elle annonçait vouloir devenir.

Le léopard meurt avec ses taches, et je ne me suis jamais proposé, ni ne me suis cru capable, de m'améliorer. Je n'ai véritablement prétendu à aucune sorte de vertu, sauf peut-être à celle d'avoir pensé que seuls quelques crimes d'un genre nouveau, que l'on n'avait certainement pas pu entendre citer dans le passé, pourraient ne pas être indignes de moi; et à celle de n'avoir pas varié, après un si mauvais début. À un instant critique des troubles de la Fronde, Gondi qui a donné de si grandes preuves de ses capacités pour le maniement des affaires humaines, et notamment dans son rôle favori de perturbateur du repos public, improvisa heureusement devant le Parlement de Paris une belle citation attribuée à un auteur ancien, dont tous cherchèrent vainement le nom, mais qui pouvait être appliquée au mieux à son propre panégyrique : « *In difficillimis Reipublicae temporibus, urbem non deserui; in prosperis nihil de publico delibavi; in desperatis, nihil timui.* » Il la traduit lui-même ainsi : « Dans les mauvais temps, je n'ai point abandonné la ville; dans les bons, je n'ai point eu d'intérêts; dans les désespérés, je n'ai rien craint. »

II

> « Tels furent les événements de cet hiver et ainsi s'acheva la deuxième année de la guerre dont Thucydide a écrit l'histoire. »
> Thucydide,
> *Guerre du Péloponnèse.*

Dans le quartier de perdition où vint ma jeunesse, comme pour achever de s'instruire, on eût dit que s'étaient donné rendez-vous les signes précurseurs d'un proche effondrement de tout l'édifice de la civilisation. On y trouvait en permanence des gens qui ne pouvaient être définis que négativement, pour la bonne raison qu'ils n'avaient aucun métier, ne s'occupaient à aucune étude, et ne pratiquaient aucun art. Ils étaient nombreux à avoir participé aux guerres récentes, dans plusieurs des armées qui s'étaient disputé le continent : l'allemande, la française, la russe, l'armée des États-Unis, les deux armées espagnoles, et plusieurs autres encore. Le restant, qui était plus jeune de cinq ou six ans, était venu directement là, parce que l'idée de famille avait commencé à se dissoudre, comme toutes les autres. Nulle doctrine reçue ne modérait la conduite de personne; et pas davantage ne venait proposer à leur existence quelque but illusoire. Diverses pratiques d'un instant étaient toujours prêtes à exposer, dans la lumière de l'évidence, leur tranquille défense. Le nihilisme est tranchant pour moraliser, dès que l'effleure l'idée de se justifier : l'un volait les banques, qui se glorifiait de ne pas voler les pauvres, et un autre n'avait jamais tué personne quand il n'était pas en colère. Malgré toute cette éloquence disponible, c'étaient les gens les plus imprévisibles d'une heure à l'autre, et parfois assez dangereux. C'est le fait d'être passé par un tel milieu qui m'a permis de dire quelquefois, par la suite, avec la même fierté que le démagogue des *Cavaliers* d'Aristophane : « J'ai été élevé sur la voie publique, moi aussi ! »

Après tout, c'était la poésie moderne, depuis cent ans, qui nous avait menés là.

Nous étions quelques-uns à penser qu'il fallait exécuter son programme dans la réalité ; et en tout cas ne rien faire d'autre. On s'est parfois étonné, à vrai dire depuis une date extrêmement récente, en découvrant l'atmosphère de haine et de malédiction qui m'a constamment environné et, autant que possible, dissimulé. Certains pensent que c'est à cause de la grave responsabilité que l'on m'a souvent attribuée dans les origines, ou même dans le commandement, de la révolte de mai 1968. Je crois plutôt que ce qui, chez moi, a déplu d'une manière très durable, c'est ce que j'ai fait en 1952. Une reine de France en colère rappelait un jour au plus séditieux de ses sujets : « Il y a de la révolte à s'imaginer que l'on se puisse révolter. »

C'est bien ce qui est arrivé. Un autre contempteur du monde, autrefois, qui disait qu'il avait été roi dans Jérusalem, avait évoqué le fond du problème, presque avec ces propres paroles : L'esprit tournoie de toutes parts et il revient sur lui-même par de longs circuits. Toutes les révolutions entrent dans l'histoire, et l'histoire n'en regorge point; les fleuves des révolutions retournent d'où ils étaient sortis, pour couler encore.

Il y avait toujours eu des artistes ou des poètes capables de vivre dans la violence. L'impatient Marlowe est mort le couteau à la main, en contestant une addition. On considère généralement que Shakespeare pensait à cette disparition de son rival quand il a fait, sans trop craindre qu'on pût lui en reprocher la lourdeur, cette plaisanterie dans *Comme il vous plaira* : « Cela vous étend un homme plus raide qu'une note trop élevée dans un bouge de bas étage. » Le phénomène qui était cette fois absolument nouveau, et qui a naturellement laissé peu de traces, c'est que le seul principe admis par tous était que justement il ne pouvait plus y avoir de poésie ni d'art; et que l'on devait trouver mieux.

Nous avions plusieurs traits de ressemblance avec ces autres sectateurs de la vie dangereuse qui avaient passé leur temps, exactement cinq cents ans avant nous, dans la même ville et sur la même rive. Je ne peux évidemment pas être comparé à quelqu'un qui a maîtrisé son art comme François Villon. Et je ne me suis pas aussi irrémédiablement que lui engagé dans le grand banditisme; enfin je n'avais pas fait d'aussi bonnes études universitaires. Mais il y avait ce « noble homme » de mes amis qui a été là tout à fait l'équivalent de Régnier de Montigny, et bien d'autres rebelles promis à de mauvaises fins; et les plaisirs et la splendeur de ces jeunes voyelles perdues qui nous ont si bien tenu compagnie dans nos tapis-francs, et qui ne devaient pas non plus être éloignées de ce que les autres avaient connu sous les noms de Marion l'Idole ou Catherine, Biétrix et Bellet. Ce que nous étions alors, je le dirai dans l'argot des complices de Villon qui, depuis longtemps, n'est certes plus un impénétrable langage secret. Il est au contraire largement accessible aux gens avertis. Mais ainsi mettrai-je l'inévitable dimension criminologique dans une rassurante distance philologique.

J'y ai connu quelques sucs que rebignait le marieux, froarts et envoyeurs ; très sûres louches comme assoses, n'étant à juc pour aruer à ruel ; souvent greffis par les anges de la marine, mais longs pouvant babigner jusqu'à les blanchir. C'est là que j'ai appris comment être beau soyant, à ce point qu'encore icicaille, sur de telles questions, je préfère rester ferme en la mauhe. Nos hurteries et nos gaudies sur la dure se sont embrouées. Pourtant, mes contres sans caire qui entervaient si bien ce monde gailleur, je me souviens vivement d'eux : quand nous étions à la mathe, sur la tarde à Parouart.

Je me flatte de n'avoir à cet égard rien oublié, ni rien appris. Il y avait les rues froides et la neige, et le fleuve en crue : « Dans le mitan du lit – la rivière est profonde. » Il y avait les écolières qui avaient fui l'école, avec leurs yeux fiers et leurs douces lèvres ; les fréquentes perquisitions

de la police ; le bruit de cataracte du temps.
« Jamais plus nous ne boirons si jeunes. »

On peut dire que j'ai toujours aimé les étrangères. Elles venaient de Hongrie et d'Espagne, de Chine et d'Allemagne, de Russie et d'Italie, celles qui ont comblé de joies ma jeunesse. Et plus tard, quand j'avais déjà des cheveux blancs, j'ai perdu le peu de raison que le long cours du temps, à grand-peine, avait peut-être réussi à me donner ; pour une fille de Cordoue. Omar Kháyyám, toutes réflexions faites, devait admettre : « Vraiment, les idoles que j'ai aimées si longtemps – m'ont beaucoup déprécié aux yeux des hommes. – J'ai noyé ma gloire dans une coupe peu profonde, – et j'ai vendu ma réputation pour une chanson. » Qui pourrait, mieux que moi, sentir la justesse de cette observation ? Mais aussi, qui a méprisé autant que moi la totalité des appréciations de mon époque, et les réputations qu'elle décernait ? La suite était déjà contenue dans le commencement de ce voyage.

Cela se situait entre l'automne de 1952 et le printemps de 1953, à Paris, au sud de la Seine et au nord de la rue de Vaugirard, à l'est du carrefour de la Croix-Rouge et à l'ouest de la rue Dauphine. Archiloque a écrit : « Tire-nous de quoi boire. – Prends le vin rouge sans remuer la lie. – Car rester sobres à ce poste-là, non, nous ne le pourrons pas. »

Entre la rue du Four et la rue de Buci, où notre jeunesse s'est si complètement perdue, en buvant quelques verres, on pouvait sentir avec certitude que nous ne ferions jamais rien de mieux.

III

> « J'ai observé que la plupart de ceux qui ont laissé des Mémoires ne nous ont bien montré leurs mauvaises actions ou leurs penchants que quand, par hasard, ils les ont pris pour des prouesses ou de bons instincts, ce qui est arrivé quelquefois. »
>
> Alexis de Tocqueville,
> *Souvenirs*.

Après les circonstances que je viens de rappeler, ce qui a sans nul doute marqué ma vie entière, ce fut l'habitude de boire, acquise vite. Les vins, les alcools et les bières; les moments où certains d'entre eux s'imposaient et les moments où ils revenaient, ont tracé le cours principal et les méandres des journées, des semaines, des années. Deux ou trois autres passions, que je dirai, ont tenu à peu près continuellement une grande place dans cette vie. Mais celle-là a été la plus constante et la plus présente. Dans le petit nombre des choses qui m'ont plu, et que j'ai su bien faire, ce qu'assurément j'ai su faire le mieux, c'est boire. Quoique ayant beaucoup lu, j'ai bu davantage. J'ai écrit beaucoup moins que la plupart des gens qui écrivent; mais j'ai bu beaucoup plus que la plupart des gens qui boivent. Je peux me compter parmi ceux dont Baltasar Gracián, pensant à une élite discernable parmi les seuls Allemands – mais ici très injuste au détriment des Français, comme je pense l'avoir montré –, pouvait dire : « Il y en a qui ne se sont saoulés qu'une seule fois, mais elle leur a duré toute la vie. »

Je suis d'ailleurs un peu surpris, moi qui ai dû lire si fréquemment, à mon propos, les plus extravagantes calomnies ou de très injustes critiques, de voir qu'en somme trente ans, et davantage, se sont écoulés sans que jamais un mécontent ne fasse état de mon ivrognerie comme d'un argument, au moins implicite, contre mes idées scandaleuses; à la seule exception, d'ailleurs tardive, d'un écrit de quelques jeunes drogués en Angleterre, qui révélait vers 1980 que j'étais désormais abruti par l'alcool, et que j'avais donc cessé de nuire. Je n'ai pas un instant songé à dissimuler ce côté peut-être contestable de ma personnalité, et il a été hors de doute pour tous ceux qui m'ont rencontré plus d'une ou deux fois. Je peux même noter qu'il m'a suffi en chaque occasion d'assez peu de jours pour être grandement estimé, à Venise comme à Cadix, et à Hambourg comme à Lisbonne, par les gens que j'ai connus rien qu'en fréquentant certains cafés.

J'ai d'abord aimé, comme tout le monde, l'effet de la légère ivresse, puis très bientôt j'ai aimé ce qui est au delà de la violente ivresse, quand on a franchi ce stade : une paix magnifique et terrible, le vrai goût du passage du temps. Quoique n'en laissant paraître peut-être, durant les premières décennies, que des signes légers une ou deux fois par semaine, c'est un fait que j'ai été continuellement ivre tout au long de périodes de plusieurs mois; et encore, le reste du temps, avais-je beaucoup bu.

Un air de désordre, dans la grande variété des bouteilles vidées, reste tout de même susceptible d'un classement *a posteriori*. Je peux d'abord distinguer entre les boissons que j'ai bues dans leurs pays d'origine, et celles que j'ai bues à Paris; mais on trouvait presque tout à boire dans le Paris du milieu du siècle. Partout, les lieux peuvent se subdiviser simplement entre ce que je buvais chez moi; ou chez des amis; ou dans les cafés, les caves, les bars, les restaurants; ou dans les rues, notamment aux terrasses.

Les heures et leurs conditions changeantes tiennent presque toujours un rôle déterminant dans le renouvellement nécessaire des moments d'une beuverie, et chacune d'elles apporte sa raisonnable préférence entre les possibilités qui s'offrent. Il y a ce que l'on boit le matin, et assez longuement ce fut l'instant des bières. Dans *Rue de la sardine,* un personnage dont on peut voir qu'il est un connaisseur professe que « rien n'est meilleur que la bière le matin ». Mais souvent il m'a fallu, dès le réveil, de la vodka de Russie. Il y a ce que l'on boit aux repas, et durant les après-midi qui s'étendent entre eux. Il y a le vin des nuits, avec leurs alcools, et après eux les bières sont encore plaisantes; car alors la bière donne soif. Il y a ce que l'on boit à la fin des nuits, au moment où le jour recommence. On conçoit que tout cela m'a laissé bien peu de temps pour écrire, et c'est justement ce qui convient : l'écriture doit rester rare, puisque avant de trouver l'excellent il faut avoir bu longtemps.

Je me suis beaucoup promené dans plusieurs grandes villes d'Europe, et j'y ai apprécié tout ce qui méritait de l'être. Le catalogue pourrait être vaste, en cette matière. Il y avait les bières de l'Angleterre, où l'on mélangeait les fortes et les douces dans des pintes; et les grandes chopes de Munich; et les irlandaises; et la plus classique, la bière tchèque de Pilsen; et le baroquisme admirable de la Gueuze autour de Bruxelles, quand elle avait son goût distinct dans chaque brasserie artisanale, et ne supportait pas d'être transportée au loin. Il y avait les alcools de fruits de l'Alsace; le rhum de la Jamaïque; les punchs, l'akuavit d'Aalborg, et la grappa de Turin, le cognac, les cocktails; l'incomparable mezcal du Mexique. Il y avait tous les vins de France, les plus beaux venant de Bourgogne; il y avait les vins de l'Italie, et surtout le Barolo des Langhe, les Chianti de Toscane; il y avait les vins d'Espagne, les Rioja de Vieille Castille ou le Jumilla de Murcie.

J'aurais eu bien peu de maladies, si l'alcool ne m'en avait à la longue amené quelques-unes : de l'insomnie aux vertiges, en passant par la goutte. « Beau comme le tremblement des mains dans l'alcoolisme », dit Lautréamont. Il y a des matins émouvants mais difficiles.

« Mieux vaut cacher sa déraison, mais c'est difficile dans la débauche et l'ivresse », pouvait penser Héraclite. Et pourtant Machiavel écrivait à Francesco Vettori : « Qui verrait nos lettres, ... il lui semblerait tantôt que nous sommes gens graves entièrement voués aux grandes choses, que nos cœurs ne peuvent concevoir nulle pensée qui ne fût d'honneur et de grandeur. Mais ensuite, tournant la page, ces mêmes gens lui apparaîtraient légers, inconstants, putassiers, entièrement voués aux vanités. Et si quelqu'un juge indigne cette manière d'être, moi je la trouve louable, car nous imitons la nature, qui est changeante. » Vauvenargues a formulé une règle trop oubliée : « Pour décider qu'un auteur se contredit, il faut qu'il soit impossible de le concilier. »

Certaines de mes raisons de boire sont d'ailleurs estimables. Je peux bien afficher, comme Li Po, cette noble satisfaction : « Depuis trente ans je cache ma renommée dans les tavernes. »

La majorité des vins, presque tous les alcools, et la totalité des bières dont j'ai évoqué ici le souvenir, ont aujourd'hui entièrement perdu leurs goûts, d'abord sur le marché mondial, puis localement ; avec les progrès de l'industrie, comme aussi le mouvement de disparition ou de rééducation économique des classes sociales qui étaient restées longtemps indépendantes de la grande production industrielle; et donc aussi par le jeu des divers règlements étatiques qui désormais prohibent presque tout ce qui n'est pas fabriqué industriellement. Les bouteilles, pour continuer à se vendre, ont gardé fidèlement leurs étiquettes, et cette exactitude fournit l'assurance que l'on peut les photographier comme elles étaient; non les boire.

Ni moi ni les gens qui ont bu avec moi, nous ne nous sommes à aucun moment sentis gênés de nos excès. « Au banquet de la vie », au moins là bons convives, nous nous étions assis sans avoir pensé un seul instant que tout ce que nous buvions avec une telle prodigalité ne serait pas ultérieurement remplacé pour ceux qui viendraient après nous. De mémoire d'ivrogne, on n'avait jamais imaginé que l'on pouvait voir des boissons disparaître du monde avant le buveur.

IV

« Il est vrai que Jules César a écrit lui-même ses exploits : mais la modestie de ce héros va de pair avec sa valeur dans ses commentaires ; il semble même n'avoir entrepris cet ouvrage que pour ôter à l'adulation tout espoir d'en imposer aux siècles futurs sur son histoire. »

Baltasar Gracián,
L'Homme universel.

J'ai donc assez bien connu le monde ; son histoire et sa géographie ; ses décors et ceux qui les peuplaient ; leurs diverses pratiques, et notamment « ce que c'est que la souveraineté, combien d'espèces il y en a, comment on l'acquiert, comment on la garde, comment on la perd ».

Je n'ai pas eu besoin de voyager très loin, mais j'ai considéré les choses jusqu'à une certaine profondeur, en leur accordant chaque fois la pleine mesure de mois ou d'années qu'elles me paraissaient valoir. Durant la plus grande part de mon temps, j'ai habité à Paris, et précisément à l'intérieur d'un triangle défini par l'intersection de la rue Saint-Jacques et de la rue Royer-Collard; celle de la rue Saint-Martin et de la rue Greneta; celle de la rue du Bac et de la rue de Commailles. Et j'ai effectivement passé mes jours et mes nuits dans cet espace restreint, et aussi dans l'étroite marge-frontière qui le prolongeait immédiatement; le plus souvent sur sa face est, et plus rarement sur sa face nord-ouest.

Je n'aurais jamais, ou guère, quitté cette zone, qui m'a parfaitement convenu, si quelques nécessités historiques ne m'avaient plusieurs fois obligé à en sortir. Toujours brièvement dans ma jeunesse, lorsqu'il m'a fallu risquer quelques courtes incursions à l'étranger, pour porter plus loin la perturbation; mais ensuite beaucoup plus longuement, quand la ville a été saccagée, et détruit intégralement le genre de vie qu'on y avait mené. Ce qui arriva à partir de 1970.

Je crois que cette ville a été ravagée un peu avant toutes les autres parce que ses révolutions toujours recommencées n'avaient que trop inquiété et choqué le monde ; et parce qu'elles avaient malheureusement toujours échoué. On nous a donc enfin punis par une destruction aussi complète que celle dont nous avaient menacés jadis le Manifeste de Brunswick ou le discours du girondin Isnard : afin d'ensevelir tant de redoutables souvenirs, et le grand nom de Paris. (L'infâme Isnard, président la Convention en mai 1793, avait eu déjà le front d'annoncer, prématurément : « Si, dis-je, par ces insurrections toujours renaissantes, il arrivait qu'on portât atteinte à la représentation nationale – je vous le déclare, au nom de la France entière, *Paris serait anéanti ; bientôt on chercherait sur les rives de la Seine si cette ville a existé.* »)

Qui voit les rives de la Seine voit nos peines : on n'y trouve plus que les colonnes précipitées d'une fourmilière d'esclaves motorisés. L'historien Guichardin, qui vécut la fin de la liberté de Florence, a noté dans son *Memento* : « Toutes les cités, tous les États, tous les royaumes sont mortels; toute chose soit par nature soit par accident un jour ou l'autre arrive à son terme et doit finir; de sorte qu'un citoyen qui voit l'écroulement de sa patrie, n'a pas tant à se désoler du malheur de cette patrie et de la malchance qu'elle a rencontrée cette fois; mais doit plutôt pleurer sur son propre malheur; parce qu'à la cité il est advenu ce qui de toute façon devait advenir, mais le vrai malheur a été de naître à ce moment où devait se produire un tel désastre. »

On pourrait presque croire, en dépit des innombrables témoignages antérieurs de l'histoire et des arts, que j'avais été le seul à aimer Paris; puisque tout d'abord je n'ai vu que moi réagir sur cette question, dans les répugnantes « années soixante-dix ». Mais par la suite j'ai appris que Louis Chevalier, son vieil historien, avait publié alors, sans qu'on en parle trop, *L'Assassinat de Paris.* De sorte que nous avons été au moins deux justes dans cette ville, à ce moment-là. Je n'ai pas voulu regarder davantage cet abaissement de Paris. Plus généralement, il faut accorder très peu d'importance à l'opinion de ceux qui condamnent quelque chose, et n'ont pas fait tout ce qu'il fallait pour l'anéantir ; et à défaut pour s'y montrer toujours aussi étranger que l'on a encore effectivement une possibilité de l'être.

Chateaubriand faisait remarquer, assez exactement somme toute : « Des auteurs modernes français de ma date, je suis aussi le seul dont la vie ressemble à ses ouvrages. » En tout cas, moi, j'ai assurément vécu comme j'ai dit qu'il fallait vivre ; et ceci a été peut-être plus étrange encore, entre les gens de ma date, qui ont tous paru croire qu'il leur fallait seulement vivre d'après les instructions de ceux qui détiennent la production économique présente, et la puissance de communication dont elle s'est armée. J'ai habité l'Italie et l'Espagne, et principalement Florence et Séville – à Babylone, comme on disait au

Siècle d'or –, mais aussi d'autres villes qui vivaient encore, et jusqu'à la campagne même. J'ai ainsi gagné quelques agréables années. Bien plus tard, quand la marée des destructions, pollutions, falsifications, a atteint toute la surface du monde, et aussi bien s'est enfoncée dans presque toute sa profondeur, j'ai pu revenir aux ruines qui subsistent de Paris, puisque alors il n'était plus rien resté de mieux ailleurs. Dans un monde unifié, on ne peut s'exiler.

Qu'ai-je donc fait pendant ce temps? Je n'ai pas trop tenu à m'écarter de quelques dangereuses rencontres; et il se peut même, pour certaines, que je les aie recherchées de sang-froid.

En Italie, je n'ai certes pas été bien vu par tout le monde; mais j'ai pu heureusement connaître les *« sfacciate donne fiorentine »,* au temps où je vivais à Florence, dans le quartier de l'Outre-Arno. Il y avait alors cette petite Florentine qui était si gracieuse. Le soir, elle passait la rivière pour venir à San Frediano. J'en devins amoureux très inopinément, peut-être à cause d'un beau sourire amer. Et en somme je lui ai dit : « Ne gardez pas le silence; car je suis devant vous comme un étranger et un voyageur. Accordez-moi quelque rafraîchissement avant que je parte et que je ne sois plus. » C'est aussi qu'à ce moment-là, encore une fois, l'Italie se perdait; il fallait reprendre une suffisante distance par rapport à ces prisons où sont restés ceux qui s'étaient trop attardés aux fêtes de Florence.

Le jeune Musset s'est fait remarquer jadis avec sa question irréfléchie : « Avez-vous vu, dans Barcelone, – une Andalouse au sein bruni? » Eh oui! dois-je dire depuis 1980. J'ai pris ma part des folies de l'Espagne, et là peut-être la plus grande. Mais c'était dans un autre pays qu'avait paru cette irrémédiable princesse, avec sa beauté sauvage, et sa voix. *« Mira como vengo yo »*, disait très véritablement la chanson qu'elle chanta. Ce jour-là, nous n'en écoutâmes pas plus avant. J'ai aimé longtemps cette Andalouse. Combien de temps? « Un temps proportionné à notre durée vaine et chétive », dit Pascal.

J'ai même séjourné dans une inaccessible maison entourée par des bois, loin des villages, dans une région extrêmement stérile de montagne usée, au fond d'une Auvergne désertée. J'y ai passé plusieurs hivers. La neige tombait pendant des jours entiers. Le vent l'entassait en congères. Des barrières en protégeaient la route. Malgré les murs extérieurs, la neige s'accumulait dans la cour. Plusieurs bûches brûlaient ensemble dans la cheminée.

La maison paraissait s'ouvrir directement sur la Voie Lactée. La nuit, les proches étoiles, qui un moment étaient intensément brillantes, le moment d'après pouvaient être éteintes par le passage d'une brume légère. Ainsi nos conversations et nos fêtes, et nos rencontres, et nos passions tenaces.

C'était un pays d'orages. Ils s'approchaient d'abord sans bruit, annoncés par le bref passage d'un vent qui rampait dans l'herbe, ou par une série d'illuminations soudaines de l'horizon ; puis déchaînaient le tonnerre et la foudre, qui alors nous canonnaient longtemps, et de toutes parts, comme dans une forteresse assiégée. Une seule fois, la nuit, j'ai vu tomber la foudre près de moi, dehors : on ne peut même pas voir où elle a frappé ; tout le paysage est également illuminé, pour un instant surprenant. Rien dans l'art ne m'a paru donner cette impression de l'éclat sans retour, excepté la prose que Lautréamont a employée dans l'exposé programmatique qu'il a appelé *Poésies*. Mais rien d'autre : ni la page blanche de Mallarmé, ni le carré blanc sur fond blanc de Malevitch, et même pas les derniers tableaux de Goya, où le noir envahit tout, comme Saturne ronge ses enfants.

Des vents violents, qui à tout instant pouvaient se lever de trois directions, secouaient les arbres. Ceux de la lande du nord, plus dispersés, se courbaient et vibraient comme des navires surpris à l'ancre dans une rade ouverte. Les arbres qui gardaient la butte devant la maison, très groupés, s'appuyaient dans leur résistance, le premier rang brisant le choc toujours renouvelé du vent d'ouest. Plus loin, l'alignement des bois disposés en carrés, sur tout le demi-cercle de collines, évoquait les troupes rangées en échiquier dans certains tableaux de batailles du XVIIIe siècle. Et ces charges presque toujours vaines, quelquefois faisaient brèche en abattant un rang. Des nuages accumulés traversaient tout le ciel en courant. Une saute de vent pouvait aussi vite les ramener en fuite ; d'autres nuages lancés à leur poursuite.

Il y avait aussi, dans les matins calmes, tous les oiseaux de l'aube, et la fraîcheur parfaite de l'air, et cette nuance éclatante de vert tendre qui venait sur les arbres, à la lumière frisante du soleil levant, face à eux.

Les semaines passaient insensiblement. L'air du matin, un jour, annonçait l'automne. Une autre fois, par un goût de grande douceur de l'air, qui est sensible dans la bouche, se déclarait, comme une rapide promesse toujours tenue, « le souffle du printemps ».

À propos de quelqu'un qui a été, aussi essentiellement et continuellement que moi, un homme des rues et des villes – on appréciera par là à quel point mes préférences ne viennent pas trop fausser mes jugements –, il convient de remarquer que le charme et l'harmonie de ces quelques saisons d'isolement grandiose ne m'ont pas échappé. C'était une plaisante et impressionnante solitude. Mais en vérité je n'étais pas seul : j'étais avec Alice.

Au milieu de l'hiver de 1988, à la nuit, dans le square des Missions Étrangères, une chouette reprenait obstinément ses appels, trompée peut-être par le désordre du climat. Et l'insolite série de ces rencontres avec l'oiseau de Minerve, son air de surprise et d'indignation, ne m'ont point du tout paru constituer une allusion à la conduite imprudente ou aux différents égarements de ma vie. Je n'ai jamais compris en quoi elle aurait pu être autre, ni comment on devrait la justifier.

V

« Puisque je suis un lettré, un homme réellement cultivé, et à ce titre un gentleman, j'imagine que je puis me considérer comme un membre indigne de cette classe mal définie que forment les " gentlemen ". C'est l'avis de mes voisins, en partie, peut-être, pour les raisons que je viens de donner, en partie parce que l'on ne me voit exercer ni profession ni commerce. »

Thomas de Quincey,
Les Confessions d'un opiomane anglais.

Un concours de circonstances a marqué presque tout ce que j'ai fait d'une certaine allure de conspiration. Beaucoup de nouveaux métiers étaient, dans cette époque même, créés à grands frais à seule fin de montrer quelle beauté avait pu atteindre depuis peu la société, et combien elle raisonnait juste dans tous ses discours et projets. Et moi, sans salaire, je donnais plutôt l'exemple d'agissements tout contraires; ce qui a été forcément mal jugé. Cela m'a conduit aussi à connaître, dans plusieurs pays, des gens qui étaient assez justement considérés comme perdus. Les polices les surveillent. Cette pensée spéciale, que l'on peut regarder comme la forme de connaissance de la police, s'exprimait ainsi en 1984, à mon propos, dans le *Journal du Dimanche* du 18 mars : « Pour beaucoup de policiers, qu'ils appartiennent à la " crime ", à la D.S.T. ou aux Renseignements généraux, la piste la plus sérieuse s'arrête dans l'entourage de Guy Debord... Le moins que l'on puisse dire c'est que, fidèle à sa légende, Guy Debord ne s'est guère montré bavard. » Mais déjà, dans *Le Nouvel Observateur* du 22 mai 1972 : « L'auteur de *La Société du Spectacle* est toujours apparu comme la tête, discrète mais incontestable... au centre de la constellation changeante des brillants conjurés subversifs de l'I.S., une sorte de joueur d'échecs froid, conduisant avec rigueur... la partie dont il a prévu chaque coup. Agrégeant autour de lui, avec une autorité voilée, les talents et les bonnes volontés. Puis les désagrégeant avec la même virtuosité nonchalante, manœuvrant ses acolytes comme des pions naïfs, déblayant l'échiquier coup par coup, s'en retrouvant enfin seul maître, et toujours dominant le jeu. »

Mon genre d'esprit me porte d'abord à m'en étonner, mais il faut reconnaître que beaucoup d'expériences de la vie ne font que vérifier et illustrer les idées les plus conventionnelles, que l'on avait déjà pu rencontrer dans de nombreux livres, mais sans les croire. Évoquant ce que l'on a soi-même connu, on n'aura donc pas à rechercher en tout point l'observation jamais faite, ou le surprenant paradoxe. C'est ainsi que je dois à la vérité de noter, après d'autres, que la police anglaise m'a paru la plus suspicieuse et la plus polie, la française la plus dangereusement exercée à l'interprétation historique, l'italienne la plus cynique, la belge la plus rustique, l'allemande la plus arrogante; et c'était la police espagnole qui se montrait encore la moins rationnelle et la plus incapable.

C'est généralement une triste épreuve, pour un auteur qui écrit à un certain degré de qualité, et sait donc ce que parler veut dire, quand il doit relire et consentir à signer ses propres réponses dans un procès-verbal de police judiciaire. D'abord l'ensemble du discours est dirigé par les questions des enquêteurs, lesquelles le plus souvent ne s'y trouveront pas mentionnées; et ne viennent pas innocemment, comme elles veulent parfois s'en donner l'air, des simples nécessités logiques d'une information précise, ou d'une compréhension claire. Les réponses que l'on a pu formuler ne sont en fait guère mieux que leur résumé, dicté par le plus élevé en grade des policiers, et rédigées avec beaucoup de maladresse apparente et d'à peu près. Si, naturellement, mais beaucoup d'innocents l'ignorent, il est impératif de faire précisément rectifier tout détail sur lequel est traduite avec une infidélité fâcheuse la pensée que l'on avait exprimée, il faut vite renoncer à tout faire transcrire dans la forme convenable et satisfaisante que l'on avait spontanément utilisée, car alors on serait entraîné à doubler le nombre de ces heures déjà fatigantes; ce qui ôterait au plus puriste le goût de l'être à ce point. Ainsi donc, je déclare ici que mes réponses aux polices ne devront pas être éditées plus tard dans mes œuvres complètes, pour des scrupules de forme, et quoique j'en aie signé sans gêne le véridique contenu.

Ayant certainement, par un des rares traits positifs de ma première éducation, le sens de la discrétion, j'ai connu parfois la nécessité de faire preuve d'une discrétion encore plus marquée. Nombre d'utiles habitudes sont ainsi devenues pour moi comme une seconde nature, dirai-je pour ne rien céder aux malveillants qui seraient éventuellement capables de prétendre que tout cela ne peut être en rien distingué de ma nature même. En toutes matières, je ne me suis exercé à être d'autant moins intéressant que je me voyais plus de chances d'être écouté. J'ai aussi dans quelques cas fixé des rendez-vous, ou donné mon avis par des lettres adressées personnellement à des amis en signant, modestement, de noms peu connus qui ont figuré dans l'entourage de quelques poètes fameux :

Colin Decayeux ou Guido Cavalcanti par exemple. Mais je ne me suis, c'est l'évidence, jamais abaissé à publier quoi que ce soit sous un pseudonyme, en dépit de ce qu'ont pu insinuer parfois dans la presse, avec un extraordinaire aplomb, mais aussi en se bornant prudemment à la plus abstraite généralité, quelques calomniateurs stipendiés.

Il est permis, mais il n'est pas souhaitable, de se demander ce qu'un tel parti pris de démentir toutes les autorités pouvait positivement amener. « Nous ne cherchons jamais les choses, mais la recherche des choses », la certitude à ce propos est établie depuis longtemps. « On aime mieux la chasse que la prise... »

Notre époque de techniciens fait abondamment usage d'un adjectif substantivé, celui de « professionnel »; elle semble croire qu'il s'y rencontre une espèce de garantie. Si l'on n'envisage pas, bien sûr, mes émoluments, mais seulement mes compétences, personne ne peut douter que j'ai été un très bon professionnel. Mais de quoi ? Tel aura été mon mystère, aux yeux d'un monde blâmable.

MM. Blin, Chavanne et Drago qui ont publié ensemble, en 1969, un *Traité du Droit de la Presse,* au chapitre qui regarde le « Danger des apologies », concluaient avec une autorité et une expérience qui me donnent heureusement à penser que l'on doit leur accorder beaucoup de confiance : « Faire l'apologie d'un acte délictueux, le présenter comme glorieux, méritoire ou licite peut avoir un pouvoir de persuasion considérable. Les individus de faible volonté qui lisent de telles apologies se sentiront non seulement absous d'avance s'ils commettent ces actes mais verront encore dans leur commission l'occasion de devenir des personnages. La connaissance de la psychologie criminelle montre le danger des apologies. »

VI

> « Et quand je songe que ces gens marchent côte à côte, en un long et pénible voyage, afin d'arriver ensemble à une même place où ils courront mille dangers pour atteindre un but grand et noble, ces réflexions donnent à ce tableau un sens qui m'émeut profondément. »
>
> Carl von Clausewitz,
> *Lettre du 18 septembre 1806.*

Je me suis beaucoup intéressé à la guerre, aux théoriciens de la stratégie mais aussi aux souvenirs des batailles, ou de tant d'autres déchirements que l'histoire mentionne, remous de la surface du fleuve où s'écoule le temps. Je n'ignore pas que la guerre est le domaine du danger et de la déception ; plus même peut-être que les autres côtés de la vie. Cette considération n'a pourtant pas diminué l'attirance que j'ai ressentie pour ce côté-là.

J'ai donc étudié la logique de la guerre. J'ai d'ailleurs réussi, il y a déjà longtemps, à faire apparaître l'essentiel de ses mouvements sur un échiquier assez simple : les forces qui s'affrontent, et les nécessités contradictoires qui s'imposent aux opérations de chacun des deux partis. J'ai joué à ce jeu et, dans la conduite souvent difficile de ma vie, j'en ai utilisé quelques enseignements – pour cette vie, j'avais aussi fixé moi-même une règle du jeu; et je l'ai suivie. Les surprises de ce *Kriegspiel* paraissent inépuisables; et c'est peut-être la seule de mes œuvres, je le crains, à laquelle on osera reconnaître quelque valeur. Sur la question de savoir si j'ai fait bon usage de tels enseignements, je laisserai d'autres conclure.

Il faut convenir que, nous autres qui avons pu faire des merveilles avec l'écriture, nous avons souvent donné de moindres preuves de maîtrise dans le commandement à la guerre. Les peines et les déboires éprouvés sur ce terrain ne se comptent plus. Le capitaine de Vauvenargues, à la retraite de Prague, cheminait avec les troupes poussées en hâte dans la seule direction encore ouverte. « La faim, le désordre marchent sur leurs traces fugitives ; la nuit enveloppe leurs pas et la mort les suit en silence... Des feux allumés sur la glace éclairent leurs derniers moments ; la terre est leur lit redoutable. » Et Gondi a été navré de voir vite tourner bride, au pont d'Antony, le régiment qu'il venait de lever ; d'entendre commenter cette débandade comme la « Première aux Corinthiens ». Et Charles d'Orléans était à l'avant-garde dans la malheureuse attaque d'Azincourt, criblée de flèches sur tout son parcours, à la fin rompue, où l'on put voir « toute cette noble chevalerie et gentillesse de France qui, au regard des Anglais, étaient bien dix contre un, se faire ainsi déconfire » ; il lui fallut demeurer vingt-cinq années captif en Angleterre, goûtant peu au retour les manières d'une autre génération (« Le monde est ennuyé de moi, – et moi pareillement de lui »). Et Thucydide arriva tristement, avec l'escadre qu'il commandait, quelques heures trop tard pour empêcher la chute d'Amphipolis ; il ne put que parer à l'une des nombreuses conséquences du désastre en jetant dans Eïon son infanterie embarquée, qui sauva la place. Le lieutenant von Clausewitz lui-même, avec la belle armée en marche vers Iéna, était loin de s'attendre à ce qu'on y verrait.

Mais tout de même le capitaine de Saint-Simon à la bataille de Neerwinden, dans le Royal-Roussillon, a participé galamment aux cinq charges de la cavalerie, auparavant exposée immobile au feu des canons ennemis dont les boulets emportaient des files entières; tandis que se réalignaient toujours les rangs de « l'insolente nation ». Et Stendhal, sous-lieutenant au 6e régiment de dragons en Italie, a enlevé une batterie autrichienne. Cervantès, alors que se livrait sur mer la bataille de Lépante, à la tête de douze hommes, fut inébranlable pour tenir le dernier réduit de sa galère, quand les Turcs vinrent à l'abordage. On dit qu'Archiloque était soldat de métier. Et Dante, quand les cavaliers florentins ont chargé à Campaldino, y a tué lui-même son homme, et se plaisait encore à l'évoquer au cinquième chant du *Purgatoire* : « Et je lui dis : quelle force ou quel destin – t'a égaré si loin de Campaldino – qu'on n'a jamais connu ta sépulture ? »

L'histoire est émouvante. Si les meilleurs auteurs, participant à ses luttes, s'y sont montrés parfois moins excellents que dans leurs écrits, en revanche elle n'a jamais manqué, pour nous communiquer ses passions, de trouver des gens qui avaient le sens de la formule heureuse. « Il n'y a plus de Vendée, écrivait le général Westermann à la Convention en novembre 1793, après sa victoire de Savenay. Elle est morte sous notre sabre avec ses femmes et ses enfants. Je viens de l'enterrer dans les marais et les bois de Savenay. J'ai écrasé les enfants sous les pieds de nos chevaux, massacré les femmes qui, au moins celles-là, n'enfanteront plus de brigands. Je n'ai pas un prisonnier à me reprocher. J'ai tout exterminé... Nous ne faisons pas de prisonniers, car il faudrait leur donner le pain de la liberté, et la pitié n'est pas révolutionnaire. » Quelques mois plus tard, Westermann devait être exécuté avec les dantonistes, flétris du nom d'« Indulgents ». Peu de jours avant l'insurrection du 10 août 1792, un officier des gardes suisses, ceux qui restaient les derniers défenseurs de la personne du monarque, avait aussi sincèrement traduit, dans une lettre, le sentiment de ses camarades : « Nous avons dit tous que s'il arrivait malheur au roi, et qu'il n'y eût pas pour le moins six cents habits rouges couchés au pied de l'escalier du roi, nous étions déshonorés. » Un peu plus de six cents gardes ont été finalement tués quand le même Westermann, qui avait d'abord tenté de neutraliser les soldats, s'avançant seul parmi eux, sur l'escalier du roi, et leur parlant allemand, a compris qu'il n'avait plus qu'à faire donner l'assaut.

Dans la Vendée qui combattait encore, un *Chant de ralliement pour les Chouans en cas de déroute* disait aussi obstinément : « Nous n'avons qu'un temps à vivre, – nous le devons à l'honneur. – C'est son drapeau qu'il faut suivre... » Durant la révolution mexicaine, les partisans de Francisco Villa chantaient : « De cette fameuse Division du Nord, – à présent nous ne sommes plus que quelques-uns, – continuant à passer les montagnes – pour trouver partout avec qui nous battre. » Et les volontaires américains du bataillon Lincoln ont chanté en 1937 : « Il y a une vallée en Espagne qu'on appelle Jarama. – C'est un endroit que tous nous connaissons trop bien. – C'est là que nous avons perdu notre jeunesse, – et aussi bien la plus grande part de nos vieux jours. » Une chanson des Allemands de la Légion étrangère traduit une mélancolie plus détachée : « Anne-Marie, où vas-tu dans le monde? – Je vais à la ville où sont les soldats. » Montaigne avait ses citations ; j'ai les miennes. Un passé marque les soldats, mais aucun avenir. C'est ainsi que peuvent nous toucher leurs chansons.

Pierre Mac Orlan, dans *Villes,* a évoqué l'attaque de Bouchavesne, confiée aux jeunes voyous qui servaient dans l'armée française, versés par la loi aux bataillons d'infanterie légère d'Afrique : « Sur la route de Bapaume, non loin de Bouchavesne et de Rancourt, où les Joyeux rachetèrent leur péché en quelques heures, en montant sur un tertre, celui du bois des Berlingots, on apercevait la Picardie et sa robe déchirée. » Aux pentes contraires de la phrase, d'une si habile maladresse, que surplombe ce tertre, on reconnaissait le souvenir et ses sens superposés.

Hérodote rapporte qu'au défilé des Thermopyles, là où les troupes que commandait Léonidas furent anéanties à la fin de leur utile action de retardement, à côté des inscriptions qui évoquent le combat sans espoir de « Quatre mille hommes venus du Péloponnèse », ou celui des Trois Cents qui font dire à Sparte qu'ils gisent ici, « dociles à ses ordres », le devin Mégistias est honoré d'une épitaphe particulière : « Devin, il savait bien que la mort était là, – mais il n'accepta pas de quitter le chef de Sparte. » Il n'est pas nécessaire d'être devin pour savoir qu'il n'existe pas de si bonne position qu'elle ne puisse être tournée par des forces très supérieures; elle peut même être submergée par une attaque de front. Mais il est bon d'être indifférent à ce genre de connaissances, dans certains cas. Le monde de la guerre présente au moins cet avantage de ne pas laisser de place pour les sots bavardages de l'optimisme. On le sait bien, à la fin tous vont mourir. Quelque belle que soit la défense en tout le reste, comme s'exprime à peu près Pascal, « le dernier acte est sanglant ».

Quelle découverte pourrait-on encore attendre dans ce domaine ? Le télégramme adressé par le roi de Prusse à la reine Augusta, le soir de la bataille de Saint-Privat, résume la plupart des guerres : « Les troupes ont fait des prodiges de valeur contre un ennemi d'une égale bravoure. » On connaît le bref texte de l'ordre, apporté lestement par un officier, qui envoya la Brigade légère à la mort, le 25 octobre 1854 à Balaklava : « Lord Raglan souhaite voir la cavalerie s'avancer sans délai vers le front et empêcher l'ennemi d'évacuer les canons... » Il est vrai que la rédaction en est quelque peu imprécise mais, quoi qu'on ait dit, elle n'est pas plus obscure, ni plus erronée, qu'une multitude de plans et d'ordres qui ont pu diriger des entreprises historiques vers leurs fins incertaines, ou leur aboutissement inévitablement funeste. Il est plaisant de voir quels airs de supériorité se donnent les penseurs du journalisme et de l'université, quand il s'agit d'exprimer leur opinion sur ce qu'ont été des projets d'opérations militaires. Le résultat étant connu, il leur faut au moins un triomphe sur le terrain pour qu'ils s'abstiennent d'âpres railleries; et se bornent donc à des observations sur le coût excessif en sang, et la limitation relative du succès obtenu, comparé à d'autres qui d'après eux étaient possibles le même jour en s'y prenant plus intelligemment. Les mêmes ont toujours écouté avec beaucoup de respect les pires songe-creux de la technologie et tous les chimériques de l'économie, sans même penser à regarder les résultats.

Masséna avait cinquante-sept ans quand il disait que le commandement use, parlant devant son état-major et alors qu'il avait été chargé de conduire la conquête du Portugal : « On ne vit pas deux fois dans notre métier, non plus que sur cette terre. » Le temps n'attend pas. On ne défend pas deux fois Gênes ; personne n'a soulevé deux fois Paris. Xerxès, alors que sa grande armée passait l'Hellespont, a peut-être formulé en une seule phrase le premier axiome qui est au fond de tout raisonnement stratégique, quand il a dit pour expliquer ses larmes : « J'ai pensé au temps si court de la vie des hommes, puisque, de cette multitude sous nos yeux, pas un homme ne sera encore en vie dans cent ans. »

VII

« Mais si ces Mémoires voient jamais le jour, je ne doute pas qu'ils n'excitent une prodigieuse révolte... et comme au temps où j'ai écrit, surtout vers la fin, tout tournait à la décadence, à la confusion, au chaos, qui depuis n'a fait que croître, et que ces Mémoires ne respirent qu'ordre, règle, vérité, principes certains, et montrent à découvert tout ce qui y est contraire, qui règnent de plus en plus avec le plus ignorant, mais le plus entier empire, la convulsion doit donc être générale contre ce miroir de vérité. »

Saint-Simon,
Mémoires.

Une description de *La Vie rurale en Angleterre,* qu'Howitt publia en 1840, pouvait se conclure en affichant une satisfaction sans doute abusivement généralisée : « Tout homme qui a le sens des plaisirs de l'existence doit remercier le Ciel qui lui a permis de vivre dans un tel pays et à une telle époque. » Mais au contraire notre époque ne risque pas de traduire trop emphatiquement, quant à la vie qu'on y mène, le dégoût général et le commencement d'épouvante qui sont ressentis sur tant de terrains. Ils sont ressentis, mais ils ne sont jamais exprimés avant les révoltes sanglantes. Les raisons en sont simples. Les plaisirs de l'existence ont, depuis peu, été redéfinis autoritairement ; d'abord leurs priorités, ensuite la totalité de leur substance. Et ces autorités, qui les redéfinissaient, pouvaient également à chaque instant décider, sans avoir à s'embarrasser d'aucune autre considération, quelle modification pourrait être la plus lucrative à faire introduire dans les techniques de leur fabrication, entièrement libérée du besoin de plaire. Pour la première fois, les mêmes ont été maîtres de tout ce que l'on fait, et de tout ce que l'on en dit. Ainsi la démence « a bâti sa maison sur les hauteurs de la ville ».

Aux hommes qui ne jouissaient pas d'une si indiscutable et universelle compétence, on n'a rien proposé d'autre que de se soumettre, sans plus ajouter la moindre remarque, sur cette question de leur sens des plaisirs de l'existence ; comme ils avaient déjà élu partout ailleurs des représentants de leur soumission. Et ils ont montré, pour se laisser ôter ces trivialités, qu'on leur disait indignes de leur attention, la même bonhomie dont ils avaient déjà fait preuve en regardant, de plus loin, s'en aller les quelques grandeurs de la vie. Quand « être absolument moderne » est devenu une loi spéciale proclamée par le tyran, ce que l'honnête esclave craint plus que tout, c'est que l'on puisse le soupçonner d'être passéiste.

De plus savants que moi avaient fort bien expliqué l'origine de ce qui est advenu : « La valeur d'échange n'a pu se former qu'en tant qu'agent de la valeur d'usage, mais sa victoire par ses propres armes a créé les conditions de sa domination autonome. Mobilisant tout usage humain et saisissant le monopole de sa satisfaction, elle a fini par *diriger l'usage*. Le processus de l'échange s'est identifié à tout usage possible, et l'a réduit à sa merci. La valeur d'échange est le condottiere de la valeur d'usage, qui finit par mener la guerre pour son propre compte. »

« Le monde n'est qu'abusion », résumait Villon en un seul octosyllabe. (C'est un octosyllabe, quoique un diplômé de ces jours-ci ne sache probablement reconnaître que six syllabes dans ce vers.) La décadence générale est un moyen au service de l'empire de la servitude; et c'est seulement en tant qu'elle est ce moyen qu'il lui est permis de se faire appeler progrès.

On doit savoir que la servitude veut désormais être aimée véritablement pour elle-même; et non plus parce qu'elle apporterait quelque avantage extrinsèque. Elle pouvait passer, précédemment, pour une protection; et elle ne protège plus de rien. La servitude ne cherche pas maintenant à se justifier en prétendant avoir conservé, où que ce soit, un agrément qui serait autre que le seul plaisir de la connaître.

Je dirai plus loin comment se sont déroulées certaines phases d'une autre guerre mal connue : entre la tendance générale de la domination sociale dans cette époque et ce qui malgré tout a pu venir la perturber, comme on sait.

Quoique je sois un remarquable exemple de ce dont cette époque ne voulait pas, savoir ce qu'elle a voulu ne me paraît peut-être pas assez pour établir mon excellence. Swift dit avec beaucoup de vérité au premier chapitre de son *Histoire des quatre dernières années du règne de la reine Anne* : « Et je ne veux aucunement mêler le panégyrique ou la satire à l'Histoire, n'ayant d'autre intention que d'informer la postérité et d'instruire ceux de mes contemporains qui seraient ignorants ou induits en erreur. Car les faits exactement rapportés constituent les meilleures louanges et les plus durables reproches. » Personne, mieux que Shakespeare, n'a su comment se passe la vie. Il estime que « nous sommes tissés de l'étoffe dont sont faits les rêves ». Calderón concluait de même. Je suis au moins assuré d'avoir réussi, par ce qui précède, à transmettre des éléments qui suffiront à faire très justement comprendre, sans que puisse demeurer aucune sorte de mystère ou d'illusion, tout ce que je suis.

Ici l'auteur arrête son histoire véritable : pardonnez-lui ses fautes.

*Composé et achevé d'imprimer
par l'Imprimerie Floch
à Mayenne, le 20 avril 1993.
Dépôt légal : avril 1993.
Numéro d'imprimeur : 33897.*
ISBN 2-07-073403-X / Imprimé en France.

64672